Moi aussi,

un jour,

j'essaierai.

MARCELINO

Moi aussi, un jour, j'essaierai.

<u>Suivi de :</u>

Genèse d'une sculpture
croquis, dessins, peintures, bronzes.

<u>Suivi de :</u>

« Je suis de tous ceux-là »

*Adaptation et notes de mise en scène
du texte original pour
la représentation publique :*
« Lecture Accompagnée »

© 2019 – MARCELINO

Édition : BoD – Books on Demand
12/14 rond-point des Champs-Élysées, 75008 Paris
Impression : BoD - Books on Demand, Norderstedt, Allemagne
ISBN : 9782322153077
Dépôt légal : avril 2019

*Cette histoire n'est plus mon histoire,
cette histoire est aujourd'hui celle
de tous ceux qui y ont participé
de près, de loin,
parfois même sans le savoir.*

*Cette histoire va devenir ainsi la vôtre,
par l'émotion qu'elle aura suscité en vous
et les souvenirs qui vous sont propres.*

à mes fils

*Tom
et
Théau*

Mon Père

L'arrivée était toujours un bonheur...
Une nuit passée à dormir sur la banquette arrière, un frisson annonçant la lueur du petit matin, la faim encore timide qui éveillait nos sens et, pressés d'en finir avec les sacs de couchage et les paniers dans les jambes, ma sœur et moi émergions lentement du long voyage...

Heureux sommeil que le nôtre, durant ces longues heures de conduite que mon père avait vu défiler. Il avait conduit seul, une nuit durant, ainsi qu'il aimait le faire.
Seul.
Comme toujours.

Comme au creux d'un refuge, une bulle de solitude, un espace d'indépendance qu'il se créait alors. En prenant les commandes de cette voiture, il avait semblé prendre les commandes de son existence comme on change d'identité ou de pays pour oublier sa vie et tout recommencer, être un autre... J'ai imaginé à cette époque que cela provoquait chez lui une sorte d'apesanteur, un souffle de liberté, une onde de confiance en soi qui débordait d'une destinée qui ne le comblait pas. Homme sans ambition avouée, sans volonté propre, docile et soumis à une femme qu'il admirait. Il ne vivait que par elle et pour elle, ma mère, sa mère, notre mère ?...

Pour la circonstance il avait chaussé des lunettes profilées, et enfilé des gants de pilote. Il semblait alors avoir revêtu un costume plus grand qu'à l'ordinaire, plus à son aise, plus à sa mesure... Mais où donc se promenaient ses pensées durant ses longues heures de solitude, vers quels horizons, quels rêves, à quels désirs secrets songeait-il dans ces moments là ?

Nous étions partis à la nuit tombée.
C'était déjà l'aventure !

Emmitouflé au fond de la voiture, comme j'avais aimé veiller le plus longtemps possible, entre sacs et oreillers, odeur de cuir et ballottements rassurants !

Par la fenêtre défilaient d'abord les rues du quartier. Si bien connues mais tout à coup différentes à la lueur des réverbères.

Puis des carrefours s'enchaînaient dont le souvenir se faisait de plus en plus lointain. Des lieux qui peu à peu dépassaient mon univers habituel, l'élargissant avec douceur et volupté.

Puis, plus tard, sortis de la ville dense et lumineuse, un premier village que l'on traversait. Ce village, que je reconnaissais entre mille à chaque nouveau départ à son long mur de pierres qui longeait notre route. Cette interminable muraille, cette mesure-étalon du temps déjà écoulé depuis notre départ, rythmait à chaque fois pour moi les débuts d'une longue nuit d'aventure et de mystères. Elle était le tremplin, le point d'ancrage, la limite absolue du monde connu et du monde inconnu qui m'attendait... Ce village, son mur démesuré, en silencieux poste-frontière.

Comment aurais-je pu imaginer que bien des années plus tard j'habiterai ce village, reconnaissant dans le mur d'enceinte du château de Guermantes l'inoubliable et mystérieux mur des voyages de mon enfance ?

Alors, ainsi rassuré, assuré que le voyage avait réellement commencé, bercé de virages et de bruits étouffés, je fixais la route qui se dressait face à nous et par jeu me laissais éblouir par les phares des voitures, plissant les yeux jusqu'à l'aveuglement. Bien sûr je n'y parvenais jamais vraiment et j'étais émerveillé par l'image de mon père, calme et concentré qui, lui, je le savais, ne cillerait pas, ne faillirait pas devant ces agressions lumineuses permanentes. Puis, baissant un peu mon regard, je retrouvais la douce lueur bleutée du tableau de bord se découpant dans la nuit, l'espace cotonneux et douillet de l'habitacle, et le ronronnement régulier et rassurant du moteur.

Alors il me fallait veiller pour ne pas sombrer...

Veiller encore un peu...
Veiller encore...
Peut-être...

C'est au matin que j'apercevais la cathédrale.

A cet instant précis, les larmes me montaient aux yeux. Sainte-Cécile s'embrasait, nous éblouissait du rouge profond de ses briques, et de la hauteur de son unique tour elle me clochait :

- « Te voilà enfin ! Je suis toujours là tu vois, je t'attendais ».

Albi, ville de mon enfance, tu renaissais ainsi, chaque été. Mais cette année là, combien d'orgueil, combien de fierté, combien d'impatience...

Les yeux brouillés de sommeil, je devinais notre arrivée plus que je ne la voyais.

Je la vivais.
Viscéralement.

Nous roulions lentement.
Mémorisés par toutes les fibres de mon corps, j'anticipais chaque changement de direction, chaque ralentissement, chaque carrefour.

Autour de nous, le bruit des sacs que l'on repousse, des duvets dont on sort, les chaussures que ma mère nous tend, le thermos qu'elle referme. Ça sent le café chaud et les gâteaux secs dont il ne reste plus que les emballages qui crissent dans nos mains.

Contourner la cathédrale.
S'imprégner délicatement de ce colosse interminable, ce navire brutal et austère imposant son tangage au ciel immobile que je fixe par la fenêtre embuée. Après le porche principal, invraisemblable dentelle de pierre, comme une fleur insolite greffée à ce tronc rugueux et hostile, ralentir encore.

Là, le feu tricolore. Il alterne le flot des voitures tant la ruelle est étroite au passage du goulet que forment les maisons, serrées, menacées par l'étrave de la grande dame toute proche.

Les bâtisses sont des montagnes liquides, emmêlées à leurs voisines, tombant ensembles, s'entraînant dans leur chute en avant, les unes après les autres, les unes auprès des autres, menaçant les bâtiments d'en face, provocantes, insoumises... C'est ici le coeur de la ville historique du vieil Albi.

La chaussée, pavée, devient bombée et cahotante. Un long serpent de mer sur le dos duquel nous glissons lentement. Il faut rester au sommet de ce monstre endormi si on ne veut pas gîter dangereusement. Alors, afin de gagner le parking où nous allons aborder il va falloir descendre le flan bâbord de cette bête glissante, mouvante, avant qu'elle ne devienne liquide à son tour... Notre vaisseau est au ralenti, mon père négocie cette approche. Il me semble tout à coup que nous allons chavirer, car nous sommes aspirés par le creux d'une vague que nous prenons par travers, maintenant, mais déjà nous remontons, la carcasse métallique hoquette et s'ébroue, grince et supplie mais résiste à cette torsion inouïe, à cet effort contre nature. Nous nous

hissons enfin vers notre port d'attache.
Tout à coup, enfin calme et immobile, cette placette coincée entre les maisons nous accueille alors avec douceur et précaution.

Là, notre havre est réservé… depuis l'année dernière !
Forcément !
C'est celui des parisiens !
Car jamais jusqu'ici ne parvient d'autre embarcation…

D'ordinaire je suis le premier à terre. Mais cette année, c'est différent ! Je tourne la manivelle et descends la vitre arrière. Je passe le coude, et j'attends…
Ainsi appuyé, j'attends…

J'attends que dehors les rideaux se soulèvent…

J'attends que les portes des maisons s'entrouvrent…

J'attends que les tabliers à carreaux se manifestent…

J'attends que l'on se presse autour de nous…

Car cette année pour rien au monde je ne veux perdre un seul rayon du soleil éclaboussant la carrosserie, ni un seul regard des habitants du quartier, ni le bonheur ultime d'entendre ma mère ouvrir la portière et basculer le dossier de son siège pour me faire place, alors...
J'attends...

J'attends que l'on se presse autour de notre nouvelle voiture !

Cette voiture est si grande, que dans mes yeux de gosse elle n'entre pas toute entière.
C'est une voiture de sport, démesurée, rare. De la puissance rien que dans le souffle et le chuintement d'une mécanique hors du commun... De cet instant je crois, je garderai la passion des belles mécaniques, l'odeur des moteurs, le feulement des accélérations puissantes mais mesurées et le goût de l'esthétique des choses...

Elle est jaune cette merveille!
Pas un jaune provoquant, irritant, si présent qu'on aurait sous les yeux comme un énorme agrume, non !
Ce jaune, subtil, délicat, dont on ne sait

s'il tient du blanc ou de la lumière. Sa pâleur est une douceur, une confidence, une éternité... C'est bien plus qu'une couleur, c'est une peau, une caresse, une plage tiède et immobile, une ivresse, une grâce, un don du ciel.

C'est la couleur du bonheur...

   Cette auto n'a que deux portières!
   Deux portières qui n'en finissent pas de s'ouvrir tant elles sont démesurées et élégantes. Car, sur ces portes là, pas d'encadrement de vitre : c'est une vitrine sur quatre roues, vous dis-je!

   Du pare-brise à la lunette arrière, pas de limite, pas de montant disgracieux, c'est une ouverture...
une respiration...
un souffle d'éternité...
une baie ouverte sur l'horizon au loin...
sur la cathédrale toute proche...
sur les voisins autour de nous...
sur mon père...
debout,
qui sourit.

Cathédrale Détail – crayon sur papier

Pépécha

Pépécha n'était pas mon grand-père. Il était le beau-père de Maman. Son père à elle était décédé des suites d'une banale mais tragique appendicite quelques mois après la naissance de sa fille. C'était avant la guerre, c'était une autre époque, c'était il y a longtemps…

    Ce beau-père entra dans sa vie par petits épisodes, lors des vacances qu'elle passait en famille après d'interminables et douloureuses semaines chez les religieuses. Enfance effroyable, chaotique, traumatisante de laquelle elle garderait, sa vie durant, une haine profonde pour la religion et des carences affectives irréversibles et destructrices pour elle-même et ses proches. C'est à dire nous, son mari, ses enfants.

     Pépécha, père de substitution, joua sans doute un rôle d'apaisement, une respiration de survie, une parenthèse au malheur, dans l'obscurité de cette enfance meurtrie.

     Cet homme était dans cette famille ce que le miel est au lait brulant. En tout cas, il en fut ainsi pour moi lorsque ma vie croisa la sienne, et cela demeura toujours.

Il était instituteur en retraite, homme passionné et passionnant, curieux de tout. Photographe à ses heures, il avait installé un laboratoire dans sa cave. Bacs de développement, agrandisseur, lumière rouge, ambiance feutrée et magique, il enseignait ses recettes secrètes et ses gestes appliqués à ma sœur qui manipulait les produits comme on mélange des potions. Dans ce silence feutré où l'on chuchotait des ordres mystérieux qui mesuraient le temps, des nombres inquiétants qui dosaient des liquides suspects, elle était apprentie sorcière et moi je les observais ébloui, incrédule, figé sur mon tabouret comme les photos qu'ils pinçaient à la corde suspendue.

L'odeur acre des produits ne parvenaient pas à couvrir la douce présence odorante des planches soigneusement entreposées et des outils noircis de sueur. La fraîcheur du lieu, gonflée d'une tiède humidité et de poussière de bois, comme une âme en suspens, cette odeur unique et merveilleuse, inexplicable, indélébile me lia à jamais à cet antre fantastique. Aujourd'hui encore il m'arrive de croiser ce parfum d'enfance, de suspendre le temps à l'odeur reconnue, dans une cave ancienne, le sous-sol d'un grand-père bricoleur, le garage d'un ami , envahi de mille objets inutiles. Alors, l'espace d'un éclair, le temps d'un court grondement de ma mémoire, une vague gigantesque me submerge et suspend mon parcours comme elle stopperait un navire dans sa course avant de le laisser repartir après cet instant imperceptible d'immobilisation suffocante.

Eternellement patient, attentif et pédagogue, Pépécha me savait présent et occupé quand lui même avait à faire car il avait sacrifié un petit banc de bois en l'adaptant à ma taille et en l'équipant à son extrémité d'un volant. Ainsi à califourchon sur cet immobile bolide je passais le plus clair de mon temps à parcourir des routes improbables, des virages insoumis et des déserts inaccessibles. J'observais ainsi la vie défiler devant moi, à coté de moi, au dessus de moi, rassuré, et fier du trône qui m'était ainsi fait. Au gré des activités de la journée mon grand père déplaçait cet ensemble osmotique « enfant-voiture » de la cave au jardin, puis du jardin au salon, puis du salon à la cuisine, puis, puis… au rythme des activités qui l'occupaient.

Vers la fin de l'après-midi il était un moment sacré et immuable que cet homme, inlassable érudit, privilégiait scrupuleusement. Il allumait le poste de télévision noir et blanc, objet de culture bien plus que de loisir, et suivait assidu, les cours du soir d'une ORTF didactique et scientifique. La maison s'emplissait alors de la vision effrayante d'un tableau noir couvert de signes tracés à la craie par un savant en blouse blanche énonçant nasillard et infatigable des principes physiques et obscurs qui donnaient une vision de l'existence très inattendue.

A très faible allure sur mon bolide devenu docile, afin de respecter le silence et la complexité des chemins empruntés par ces démonstrations, j'apprenais au volant de ma vie que les évènements se couchent en opérations, que la chaleur du soleil est une formule mathématique, que le mouvement des objets dépend de lettres et de chiffres que l'on associe, enfin, que la pensée humaine s'écrit aussi à la craie, sur l'horizon d'un tableau noir.

Mais les vacances chez Pepécha c'étaient aussi les retrouvailles avec les copains du quartier. La sieste était obligatoire et j'écoutais le chant des cigales en observant la danse des rayons du soleil qui s'étiraient depuis les persiennes jusqu'au papier peint à petites fleurs bleutées. Puis enfin, le moment venu, j'étais autorisé à franchir la porte de la maison vers la chère ruelle.

Le dédale des rues minuscules de ce quartier moyenâgeux de la cathédrale était aussi un terrain de jeux irremplaçable. Je troquais donc parfois mon « auto-banc-mobile » pour mon « cheval-balais » et je galopais alors après des armées en déroute que faisait fuir cet équipage. En cela j'étais accompagné d'un fidèle compagnon d'armes qui se nommait François, et dont le père n'avait visiblement pas le talent de Pépécha car François imperturbablement suivait cette furieuse cavalcade aux rennes d'un pitoyable bâton... Aussi devais-je bien souvent freiner les ardeurs de ma monture pour lui laisser le temps de me rejoindre.

François était un enfant du quartier et nous nous retrouvions à chaque vacances pour partager tous les combats auxquels pareille citadelle conduit inévitablement. Pour une raison que je ne compris jamais, tout le monde ici l'appelait « François-les-bas-bleus ». Ce n'était pas si terrible pour lui visiblement et cela lui donnait l'étoffe d'un chevalier au patronyme mystérieux...

Ma jalousie pour ce privilège de sang devait être si visible que mon grand-père ne compta ni son temps ni sa fortune pour réparer cet outrage familial. Il avait un talent inouï pour transformer le dérisoire et le quotidien en d'improbables merveilles. Aussi m'offrit-il un beau jour une arbalète de sa fabrication. Alors devant mes yeux écarquillés, je serrais dans mes mains deux cintres de bois subtilement assemblés en croix, fonctionnant d'un étrange système de gâchette, accessoire issu des restes d'une moulinette à persil. L'ensemble était associé à 3 flèches « rendues inoffensives à leur extrémité », ajouta mon grand-père, s'adressant alors à Mamie très inquiète. Il sortit un des projectiles du carquois de carton et me glissant un clin d'œil il ajouta : « n'est-ce pas Monseigneur ? ».

Les flèches de cette arme redoutable étaient d'une dimension si honorable que mon soulagement fut total et ma respiration, enfin, put reprendre… Car c'était une évidence : l'ennemi fuirait à leur seule vue… Cela, dans un sens, m'arrangea souvent par la suite car je gagnais des batailles sans avoir à mettre mes sommations à exécution. Et lorsque parfois il me fallu néanmoins combattre, l'imprécision de mes tirs ne remis en cause que la tranquillité des chats endormis aux rebords des fenêtres ombragées, mais jamais leur vie...

Quoiqu'il en soit cette arbalète merveilleuse me valut beaucoup d'admiration et de jalousies. Et, par les chevaliers d'ici et d'ailleurs, qu'ils soient du quartier ou du pays voisin, fus-je adoubé, portant à la ceinture l'objet de tant d'admiration. Ainsi en alla-t-il de mon apprentissage du principe de désir et de réalité. Et tout autant de la différence qu'il y a entre l'image que l'on donne, celle que l'on veut donner, et celui que l'on est vraiment.

Etrange école de la vie…

Auto-portrait – encre sur papier

Pépéma

Albi était pour moi un lieu de dédoublement. Un nom unique qui désignait deux aventures, deux histoires, deux vies distinctes. Un lieu de scission, de division. Pas vraiment une douleur, plutôt une incompréhension silencieuse.

Grands-parents maternels et paternels y habitaient et semblaient se partager la ville. Ainsi, au fil des vacances, je partageais ma vie, mon temps, mon affection entre ces deux familles. Deux parties de moi cohabitaient qui jamais ne pouvaient se rencontrer. Je vivais avec les uns, je vivais avec les autres, au gré des décisions d'adultes ou des repas familiaux de fin de semaine, sans que jamais évènement, parole ou allusion ne permette un lien quelconque entre ces deux familles dont je semblais alors être le seul plus petit commun dénominateur...

Et sans aucun pouvoir de rassemblement.

Ainsi allais-je de Pépécha à Pépéma, de Mamie à Méméma sans transition, sans brutalité et dans le plus grand silence...

Ce jour-là nous nous rendions chez Pépéma et Méméma. La voiture passait le portail, toujours grand ouvert à notre arrivée. Elle glissait lentement sur la longue allée, les graviers crissant à notre lourd passage. Puis finalement, arrêtés par l'enfilade de voitures des cousins et cousines déjà arrivés, nous descendions impatients...

L'été venu, toute la famille avait débarqué, envahissant l'immense demeure ; maison complexe, bâtisse méconnue, aux pièces interdites, aux longs et sombres couloirs, aux recoins secrets qu'une vie d'agrandissements avait rendue inquiétante. Tentaculaire curiosité, elle bouleversait mon cœur et émerveillait mes yeux d'enfant.

Envolées de moineaux affamés, les retrouvailles bruyantes et chantantes, colorées de l'accent « du midi » m'impressionnaient toujours. Je dansais alors de bras en bras, de joues en cous, de ventres rebondis en poitrines généreuses, le visage mouillé de baisers et de joie, me donnant le tournis, me rendant muet et sans force, docile et attentif, incrédule au fond de retrouver enfin le sol pour reconstituer mon corps et mes pensées.

Alors, de cette tribu ainsi réunie, et terriblement présente, il me fallait m'écarter un instant, prendre un peu de distance pour savourer l'endroit, le moment, les visages, les sourires et les cris, les odeurs retrouvées…

Et observer le bonheur se figer devant moi.

Puis, lentement, à petits pas inconscients, contournant imperceptiblement le groupe, cherchant des yeux un passage, je découvrais mes grands-parents, silencieux et dressés au pied de l'escalier. Lui, fier, attentif et solide, Elle, en retrait, disponible et toute de douceur, ils rayonnaient... J'embrassais alors du regard cette immensité de parfums, cet horizon de promesses, cette boulimie de mystères pour me remplir et m'abandonner plein de ce trésor, à mes grands-parents, qui me feraient alors un timide baiser parce que l'amour est... et qu'il ne s'affiche pas.

Le groupe s'était éparpillé. Les « Femmes » étaient montées dans la maison, cousins et cousines étaient sans doute aux clapiers. J'empruntais à mon tour l'escalier inondé de soleil. La treille de vigne qu'on laissait, sauvage, envahir la structure métallique, fine et rouillée, accompagnait mon ascension d'une lumière tachetée et apaisante. En contrebas, baignés de lumière, j'apercevais les « hommes » restés dehors. Les silhouettes massives, maintenant regroupées en un cercle incertain, mains aux poches, poussant les cailloux du pied, interrogeant le temps qui s'était écoulé depuis « la dernière fois ». Ils devisaient. Hésitantes carcasses, malhabiles à s'avouer le plaisir des retrouvailles, heureux d'être ensembles, parlant fort et à grands gestes, pétris d'émotion qu'ils ne savaient cacher. Pères et fils, gendres et cousins, oncles et anciens se retrouvaient ainsi, sous les éclats dansants du soleil, à l'ombre des arbres fruitiers et des lauriers roses.

Parvenu au perron, je manoeuvrais la lourde porte d'entrée. Derrière moi, le soleil risquait aussitôt quelques tentacules brûlants dans le frais et sombre couloir. Une invasion vite repoussée par l'obscurité aveuglante imposée par cette tranquille détermination dont fait preuve la nature.

Etrange phénomène que celui-ci. Quelle entente cordiale, quel pacte immémorable permettait ce délicat équilibre ? Par quel mystère la lumière connaissait-elle les limites de son territoire ? Et ses quotidiennes batailles semblaient si contrôlées, si organisées, si bien réglées.

L'huisserie de la porte et ma main sur la poignée semblaient s'opposer dans ce jeu improvisé. Je demeurais là un instant, figé par l'ingéniosité du moment, l'éblouissement et la magie de ce qui s'était produit. Je resserrais alors lentement l'étreinte de la porte sur les rayons agressifs qui rétrécissaient aussitôt et finalement leur entrouvrais un nouveau passage dans lequel ils grandissaient à nouveau. La réaction était prévisible et elle me fascinait de régularité et de patience. J'aimais ces tragédies des éléments, l'odyssée des jours qui se suivent où tout se répète ainsi selon des règles que nous intégrons peu à peu, nous, humains, sans comprendre que jamais rien ne se répète vraiment. Tout est récurrent, transposable, mais jamais semblable…

Puis, comme un pion que l'on avance, la lumière me poussa à l'intérieur de la maison. Je n'opposais aucune résistance au désir solaire qui brûlait mon dos, pas plus qu'à la fraîcheur apaisante de l'obscurité qui me fit face.

Du séjour voisin me parvenaient des paroles joyeuses, des prénoms connus dont on prenait des nouvelles, des éclats de rire, un heureux brouhaha ininterrompu et rassurant.

Les repas avaient lieu au séjour. La longue pièce inutile et silencieuse tout au long de l'année, retrouvait pour l'été la gaîté des jours de fête. Le moment venu, la famille s'étirait au fil d'une longue tablée agitée, colorée et bruyante. Loin là-bas, seul et attentif, en bout de table, Pépéma régnait sur ce monde affamé de retrouvailles et d'anecdotes.

Derrière lui, comme toujours, immobile sur le marbre du buffet, et tel qu'il était demeuré dans mon souvenir... Le canard en bois!

Cet animal, toujours, m'avait intrigué... Dans sa carapace blonde et vernie son corps était ventru, lisse et brillant. Sa tête était tournée vers l'arrière comme pour rattraper un souvenir lointain, à l'extrémité d'un cou résolument dévissé, tendu, désarticulé,

Sorti des mains du patriarche-sculpteur l'animal lui était-il apparu en une vision prémonitoire, un don de clairvoyance, une tendre douceur à voir au fond des choses… ? Ou bien sa main avait-elle soumis, dominé la matière lui imposant cette découverte ? Homme et Arbre donnant à la fois vie et immobilité à l'animal ? Une sorte de permission divine à demeurer éternellement dans l'instant ?

    La pose avait été prise, elle ne changerait plus désormais …

    Quelle conscience avait permis cela ? La graine qui avait donné l'arbre avait-elle porté dans sa détermination à grandir pareil événement ? Le nœud d'une branche pensa-t-il à regarder en arrière pour donner sens à ce geste inscrit ? Comment l'homme avait-il acquis la certitude de cette « présence » ? A quel moment mon Grand-père comprit-il que lui seul permettrait l'émergence, la visibilité, l'évidence de ce qui se cachait derrière l'apparence ? Quel geste miraculeux fallait-il pratiquer, exercer, entretenir pour aboutir à pareille éclosion ?

Mais plus que tout, à quelle fierté infinie, à quelle filiation héroïque, à quel sentiment fusionnel, devait-on pareille découverte ? Un monde nouveau était déposé là, sur le buffet. Une offrande pour mes yeux éperdus. Du reste de mon corps, tout aussi immobile, anéanti devant tant de hardiesse, tant de magie, j'admirais le geste, j'admirais l'animal, j'admirais l'homme.

Un jour, moi aussi, je saurai faire dire l'indicible à la matière, moi aussi, un jour, j'essaierai !

Mais en attendant ce moment, je pouvais tout de même essayer de percer ce mystère d'adulte. Un de plus… Alors, la fourchette en lévitation, l'autre main vissée à la toile cirée, le museau au ras de l'assiette, mais les yeux si pleins d'émerveillement, je demandais :

- « Pépé, comment tu savais qu'il était dans l'arbre, le canard ? »

Le silence s'engouffra dans la pièce comme un hurlement de sirène, pétrifiant l'assemblée incrédule, l'espace d'un instant… Les regards suivirent mon regard, rebondissant sur l'objet de tant de naïveté, s'arrêtèrent incrédules sur l'aïeul impassible, qui finissait de mâcher :

- « Come é Calte ! » *(mange et tais-toi !)*

Répondit mon grand-père, entraînant une volée de rires et de fracas de chaises qu'on repousse, tant il est besoin de reprendre de l'air pour ne pas suffoquer devant pareille innocence.

Il faisait doux maintenant, la chaleur étouffante de la journée s'était dissipée, on avait ouvert les fenêtres, les volets. De la cuisine me parvenaient les bruits de verres et de vaisselles lavés. Encore attablés , mon père et Pépéma bavardaient. De ma place, je les observais.

Mon aïeul, bras croisés sur un torse massif, le buste rejeté en arrière contre le dossier d'une chaise martyr, assurait par son attitude le poids de son autorité. Son visage calme et rude était traversé de longs sillons, sa peau craquelée et mate témoignant de son amour pour la terre, le soleil et le vent.

Face à lui, coudes calés de part et d'autre d'une tasse à café qu'il saisissait habilement de temps à autre, mais le reste du temps, mains rassemblées sous le menton soulignant un fin collier de barbe soigneusement taillée, mon père aux yeux pétillants, au visage fin et séduisant répondait à son père...

Je ne les écoutais pas vraiment. Je

m'imprégnais. L'odeur de cire dans la pièce me rassurait. Les cafés étaient bus et demeurait leur parfum qui réveillait mes sens. Je brisais entre mes doigts des miettes de pain sur la nappe blanche, épaisse et damassée, sans vraiment y penser.

Trois générations se rencontraient ici, à cet instant. J'avais le sentiment de dépendre d'eux, de vivre comme eux mais à leur suite.

Pépéma avait-il été enfant ?

Être vieux était-ce être fort ?

Cette immobilité, l'avait-il gagnée, cette certitude d'être soi l'avait-il acquise et à quel prix et comment ?

Mon père était-il vieux ?

Serait-il toujours beau ?

Comment être un fils quand on avait son âge ?

Serai-je toujours son fils ?

Et quand j'aurai son âge serai-je plus vieux que lui ?

Comment grandir ?

Le canard en bois, sur le buffet, m'avait parlé. Je fronçais les sourcils et le fixais à mon tour. Je voyais bien qu'il me disait que j'avais le temps, qu'à écouter on apprend aussi, qu'à observer, immobile, on avance quand même…

Par la fenêtre ouverte l'air frais pénétrait timidement. Il faisait sombre maintenant. J'avais dormi sur la table, la tête entre les bras. On m'avait laissé ainsi, dans ce doux bien-être. Chacun avait dû quitter la table silencieusement. Je me retournais lentement et apercevais les lumières de la ville, au loin, comme un hérisson joyeux et calme. Je gagnais le balcon où ma sœur et ma mère se trouvaient assises, silencieuses… Mémémà était là aussi. Je m'approchais. Elle m'ouvrit ses bras et je m'assis sur ses genoux. Elle était douce et chaleureuse. Nos yeux fixaient le même horizon. Elle caressa mes cheveux et je savais bien qu'elle en profitait, malgré la faible lumière, pour vérifier que je n'avais pas de poux.

C'était comme ça ici. C'était comme ça avec Mémémà.

Et c'était bon de sentir ses doigts glisser

sur ma tête engourdie. Au loin, parmi toutes ses timides lueurs hésitantes, Sainte Cécile éblouissante et majestueuse, illuminée, comme chaque soir, mouillait mes yeux et consumait mon cœur.

Pépéma cultivait son jardin. Pas vraiment en Candide, il alignait les rangées de poireaux, de carottes, d'oignons ou de radis dans de vastes parcelles cernées d'étroites allées de terres battue, rectilignes et encaissées, délimitées par des murettes qui m'arrivaient aux genoux. Je l'y suivais, attentif et impressionné. Il marchait lentement devant moi. J'observais ses mains calleuses et rudes, croisées dans son dos à hauteur de mon regard, mon seul horizon.

Nous demeurions silencieux.

Ses sabots traînaient au sol, dans un délicat frôlement, à peine audible, comme si cette masse humaine maîtrisait tout à la foi la gravité, l'assemblage incertain des pieds dans les larges sabots et la proximité immédiate du sol. Cette maîtrise des éléments faisait de lui un être inaccessible et authentique à qui je devais respect et admiration sans faille…

Ainsi en était-il également de la culture de ses légumes, maîtrisée à l'excès et qui étaient sa fierté. Alors je m'efforçais de faire la différence entre les fanes de radis et les jeunes pousses de pomme de terre afin d'accéder à la science infinie que mon grand-père semblait posséder. Je risquais donc de temps en temps une reconnaissance végétale à peine audible… Quand il n'y avait pas de réponse je savais alors m'être montré ridicule à ses yeux.

Aussi restais-je attentif, ayant adopté la posture de l'aïeul, et j'attendais pour l'heure l'ordre divin qui ne manquerait pas de tomber d'un instant à l'autre…

- « Ici, lança-t-il, tu peux arroser ! »

Plus excité et ravi qu'obéissant, je retournais au puits, venant de recevoir ainsi l'autorisation d'activer la pompe à bras. L'art suprême dans l'usage de cette mécanique était de viser juste en gérant le débit d'eau par une pression constante et régulière sur le levier. Je plaçais donc l'arrosoir à la distance ad-hoc et faisais jaillir l'eau fraîche, m'appuyant de tout mon corps, puis de tout mon cœur sur ce levier démesuré qui me dépassait d'une tête. Un demi arrosoir se remplissait ainsi, à quelques flaques près, et j'apportais hardiment le récipient pas trop plein mais pas trop lourd, au pied de la rangée d'un légume inconnu car finalement très semblable aux autres. Quoiqu'il en soit ce végétal discipliné et assoiffé me permettait de fouler l'espace sacré de la parcelle et de m'exécuter studieusement : ne pas mouiller les feuilles, suivre la rigole doctement aménagée, faire attention aux rangées voisines et dispenser ainsi tout son amour…

Dans cette communion de l'Homme et de la nature, je participais alors à la création du monde et bien au-delà de ces plantes alignées j'abreuvais à cet instant précis ma soif de comprendre, d'agir, d'exister !

« *Homme debout* » - *encre sur papier*

Barbra

Méméma parlait peu. Très réservée par nature, par éducation, par soumission aux règles patriarcales d'une culture d'un autre âge, elle était vêtue de noir, éternellement. Son domaine par définition, par nécessité, par obligation était la cuisine.

C'était une cuisine étrange, une cuisine-repaire, une caverne encombrée de pots, de gamelles, de plantes séchées, d'oignons pendus, de torchons humides, mur de casseroles, mur d'étagères ou mur noirci par le fourneau. Un calme apaisant enveloppait la pièce au plafond bas. Sombre et odorante, cette cuisine m'intriguait. Au fond, une porte brune, basse et étroite ouvrait sur un cellier obscur, aux étagères toujours lourdes d'ustensiles, de légumes secs, de pommes de terre et de cageots gonflés.

Sur la table, des lapins dépecés, les pattes arrières encore poilues, incongrues au bout de ces corps saignants. Les corps roses et charnus ouverts sur des entrailles brunes et violacées, les têtes musclées aux yeux gonflés et injectés de sang, prolongées de dents infiniment blanches et démesurées.

Vision troublante d'une réalité que le petit parisien que j'étais, apprenait à accepter un peu plus chaque année. Voilà donc ce que devenaient les doux lapereaux avec lesquels nous jouions, à qui nous apportions tant de soins, d'eau, de nourriture. Il ne s'agissait donc pas de tendresse, d'affection, d'amour ? Quel sentiment devais-je alors éprouver pour mon chien, pour mon chat ? Certes ils ne finiraient pas dans mon assiette, mais étaient-ils si différents des lapins que je caressais, que j'embrassais, que j'aidais à grandir ? Etrange monde que celui de la campagne, où la mort côtoie la vie, où l'attention qu'on porte au vivant est un mélange de respect et d'intérêt, d'humilité et de rudesse, de reconnaissance et de nécessité.

Là, face à moi, Méméma illuminait le lieu de sa présence et de son attente silencieuses. Immobile, je l'observais, embarrassé et muet. Son regard noir, calme et attentif, se posa sur moi. Un sourire timide glissa sur son visage puis elle m'invita à l'aider.

C'était une merveilleuse journée de pique-nique, je me souviens...

J'avais terminé mon sandwich et saisis le verre d'eau qu'on me tendait. Il faisait chaud, ma faim était apaisée, ma joie aussi, car ce pique-nique sonnait les retrouvailles de la famille au grand complet, venue des 4 coins de France.

J'avais beaucoup joué avec mes cousins et cousines, nous avions crié et couru entre les adultes heureux et bruyants. Mon verre à la main, j'apaisais ma soif. Retiré du groupe, immobile, pensif, je savourais la vision de tous ceux qui m'entouraient. Les chemisiers à fleurs, les T-shirts colorés, le bruit de vaisselle et les éclats de rire, l'odeur de poussière, le chant des cigales, la douceur apaisante de ce chemin verdoyant et ombragé encerclé de soleil et d'herbes brulées, maintenant envahi par notre tribu. Ca sentait le vin rosé et le boudin froid, les tartines de rillettes d'oie et les croque-monsieurs moelleux que ma mère sait si bien faire...

Et là, à l'écart, debout, toute vêtue de noir, immobile, silencieuse, j'aperçus ma grand-mère. Elle tenait son verre d'une main, l'autre était posée sur sa poitrine, comme pour étouffer une toux discrète comme pour ne pas déranger, ou peut-être pour mieux sentir son cœur se saouler de ce spectacle ? Mais je réalisais tout à coup qu'elle n'avait pas bougé depuis notre arrivée. Pas un geste, pas un mouvement, pas un seul changement d'attitude. Son corps était immobile, son visage était pâle, son regard vide.

Et tous ces cris autour d'elle pour mieux entendre ce que l'on voudrait taire...

Barbra... C'est ainsi qu'à sa naissance, à l'Etat Civil, fut écrit le prénom de ma grand-mère. *Barbara*, devenue *Barbra*, naquit donc de l'oubli d'une lettre. Un « a » multiple, répétitif, scandé. Lettre première et lettre d'attente, d'abnégation, d'amour. Mais aussi lettre de l'absence, une ablation dans laquelle disparut un jour, et à jamais, ma grand-mère. Car cet oubli rima un jour avec maladie.

Maladie de l'oubli, l'oubli de soi, l'oubli des autres.

Quelques années plus tard, cette maladie hantera notre famille comme un malaise indicible . Quel secret douloureux, quelle honte héréditaire faudra-t-il partager en détournant le regard de cette femme devenue inaccessible, secrète, immobile ? Incompréhension palpable, étouffante, refoulée, ourlant à gros fil des non-dits terrifiants.

Que comprendrais-je du silence que les adultes tisseraient alors autour de moi ?

A cet instant, j'aurai tant aimé plonger mon âme dans les derniers regards sombres de mon aïeule, dans ce velours noir devenu glacé, dans cette profondeur rassurante devenue lointaine, étrangère et effrayante.

Pourrai-je dire un jour, ce que les mots d'alors n'ont su exprimer ?

Dimanche.

Chaque jour de vacance ressemblait à un dimanche. Mais ce jour là, avec ma sœur Muriel nous nous rendions à pied au marché couvert. Nous apercevions au loin, les innombrables baies vitrées opaques qui marbraient les murs de lueurs inattendues. C'était une grande halle en étage, structure de métal, de verre et de briques rouges mélangés. Le soleil me faisait cligner les yeux et à mes cotés le short en tissu imprimé que portait ma sœur laissait dépasser de grandes jambes bronzées dont je n'arrivais pas à suivre la cadence. Les parents nous avaient indiqué le chemin, mais je suivais Muriel aveuglément lui tenant irrévocablement la main tout au long du chemin. Finalement ce n'était pas si loin. Nous arrivions et la chaleur nous fit pénétrer à l'intérieur de la bâtisse, pressés et ravis.

Nous venions retrouver Méméma qui vendait au marché les légumes que mon grand-père cultivait. J'avais appris, et ainsi découvert, sans m'en étonner davantage, que mon aïeule se rendait ainsi chaque semaine, par tous les temps et en toutes saisons au marché d'Albi.

Le marché dominical prit alors pour moi une toute autre saveur... Fini les queues interminables des marchés parisiens, museau frottant les vitrines posées sur des toiles cirées blanches et lisses, attendant que ma mère achète le fromage, la viande et les légumes . A la rigueur il n'était pas inintéressant de patienter jusqu'au pâtissier où elle achetait chaque semaine une part invraisemblable de gâteau, gigantesque roue de chocolat persillée de vermicelles de cacao et qui se vendait à la coupe... Hormis cela, mes occupations se résumaient à tenter de comprendre comment une aiguille si longue et si mobile pouvait bien indiquer un prix sur une balance dont j'ignorais décidément comment diable elle pouvait s'agiter ainsi... Le mystère des plateaux qui demeurent à l'horizontale quoiqu'on y dépose, me laissaient eux aussi médusé. Etaient tout autant instructives mes observations au ras du sol... A l'abri du jambon qui sent bon, de la salade pimpante ou de la truite à l'œil vif, les dessous des étals me terrifiaient et me fascinaient. Sombres, sales et en désordre, la face cachée du marché était une mine d'or. Ai-je de cette époque conservé aujourd'hui le respect des poubelles, la foi en l'objet qu'on abandonne, le mythe de la trouvaille inespérée ? Allez savoir...

La halle était immense. Envahie. Bruyante. Mon horizon devint tout à coup très élevé ! Il me fallait tendre le coup vers le plafond, la verrière, tout là-haut, très loin, pour respirer, éviter les cabas, m'agripper à cette main qui disparaissait dans la foule, ne pas trébucher sous cette multitude piétinante... et avancer. La lumière n'était plus aveuglante. Dans ce tumulte je me sentais porté, transporté, la fraîcheur de l'endroit contrastant avec l'agitation, le vacarme. Je voguais, observateur forcé d'un charivari orchestré. J'assistais silencieux, trimballé, à une ode aux relations humaines exacerbées et réunies en un seul lieu, un seul instant. Une célébration du monde des adultes. Des cris, des rires, des gestes violents et imprévisibles, des éclats de voix à faire peur, voix de ténor, voix de crécelles, des ordres, des suppliques, des appels, des aboiements. Et puis les odeurs, l'enchevêtrement des couleurs, la sensation de fraîcheur et le contact des corps chauds et humides qui se touchent, les peaux, molles ou poisseuses, les vêtements rugueux, l'odeur de fumée et des haleines de café, les postillons, et les mouchoirs bruyants, les mains calleuses qui rangent le porte-monnaie dans la poche, en tapant dessus pour se rassurer, les sacs à main qu'on serre bien fort, et le mal aux jambes.

La main qui me guide semble s'élever maintenant et m'élève à mon tour. Je pose un pied sur une marche, puis sur une autre et je m'extirpe de la foule, comme j'ai dû sortir de ma mère, soulagé et curieux de découvrir le calme après la tempête…

Nous nous élevons, lentement, grimpant cet escalier qui mène à la coursive, les personnages en contrebas s'agitent et leur vacarme devient murmure, leurs paroles incompréhensibles, leurs gestes lointains. Il y a moins de monde ici. Les marches métalliques de cet escalier monumental nous ont hissé vers l'étage des commerçants plus modestes. Petits étalages, marchandises légères, on a changé d'univers. Ici on papote, on traîne, on stationne longuement… Il fait un peu plus chaud et la lumière est dorée. Mémémа ne doit plus être bien loin. « en haut de l'escalier, dans l'angle du bâtiment, vous ne pourrez pas la manquer» nous avait-on précisé. Nous longeons les tables qui se succèdent à notre droite comme à notre gauche. Il y a des étals vides, planches nues montrant leur veines salies. Les clients sont plus rares. L'allée est dégagée.

Nous approchons de l'escalier suivant. Elle devrait être là. Je ne comprends pas vraiment ce qui se passe alors.

Ma sœur s'est arrêtée… Elle a gardé

ma main dans la sienne. Je regarde ce qu'elle regarde et je ne comprends pas...

J'épluche les visages autour de moi, je dissèque, je réfléchis et je ne comprends pas...

Mes yeux descendent d'un cran et font l'inventaire des marchandises qui nous entourent. Les tables sont hautes, je ne distingue pas tout, alors je cherche…

Puis sur ma gauche, légèrement, il n'y a plus de table. L'espace s'aère et l'angle du bâtiment se révèle. Je m'y attarde. Il est vide.

Non, pas tout à fait.

Mon regard se pose sur le sol où deux cageots de légumes sont posés. Tout près une balance romaine gît dans ses chaînettes et son unique plateau. Je lève un peu les yeux et derrière ce banc de fortune, assise sur une couverture posée par terre, les jambes croisées sous son tablier, une vieille femme nous sourit.

Elle est anachronique dans ce temple du modernisme et du commerce. Elle paraît une mendiante qu'on aurait posée là. Tolérée par pitié, elle fait partie de ces personnes dont on se sent si éloigné que leur seule vision nous dérange.

Le timide sourire de mon aïeule, à cet instant précis, ébranle en moi mille ans de certitudes, toute une vie d'évidences, des années de non-dits. Toutes ces jeunes années que j'ai passées à découvrir le monde qui m'entoure à l'aune d'une vie de parisien nanti et privilégié viennent de s'effondrer, mes repères ont éclaté comme une ruche bourdonnante, mon Histoire me saute au visage, ma courte vie, mais mon unique vie, vient de basculer. Je saisis alors que mes origines sont là, matérialisées par cette femme que je n'ai pas reconnue, que je n'ai pas osé reconnaître, qui est si éloignée du monde qu'on m'offre chaque jour.

Ainsi donc je suis cela aussi. Je suis Elle, je suis d'Elle, je suis un peu de cette couverture qui l'isole du sol, je suis un peu de cette balance d'un autre âge, je suis un peu de ces légumes qu'elle transporte et qu'elle vend, je suis un peu de son tablier sombre et épais. Je suis aussi de ses cheveux gris et frisés, tirés en arrière, cachés sous un chapeau de paille, je suis un peu de cette voix dont j'aime l' accent, je suis un peu de ce langage dont je découvre les fautes, je suis un peu du

Portugal qui transpire de ce tableau invraisemblable. Je suis de tout cela et de tant de choses encore.

    J'ai le sentiment confus de découvrir par hasard les origines de ma naissance. Comme on cache une histoire honteuse. A moins que je n'ai pas compris, pas entendu que mon nom sonnait différemment ? Cru que ce qui m'entourait était forcément le reflet de moi-même ? Cru m'être reconnu dans le regard des autres. Cru en la ressemblance comme critère véritable. Cru que l'apparence suffisait à faire la différence ? Toutes ces croyances, comme une foi séculaire, se sont effondrées me laissant à mon désarroi, mon hébétude, mon incrédulité. Est-ce par cette fracture profonde, à la fois tendre comme le sourire de ma grand-mère, à la fois brutale comme l'obscurité angoissante de cette vision dans laquelle mes certitudes ont disparues, que je ne cesserai, bien des années plus tard de chercher des traces de mon identité, la reniant ou la reconnaissant tour à tour ?

« je cours » - bronze

e suis de tous ceux-là,

Je suis moi, à mon tour, et je transmets à mes Fils un peu de cette histoire, un peu de leur histoire, car seul le souvenir donne un sens à la Vie et au départ de ceux qu'on aime …

Ce récit est né par le plus grand hasard.
Merci à mon grand-père d'avoir osé.

« Homme assis » - fusain sur papier

2ème partie

Genèse

d'une

Sculpture

***

Je voudrais partager avec vous le cheminement qui m'a conduit à réaliser une sculpture que j'ai appelée « Délivrance ».

Sa genèse s'est étalée sur plusieurs années d'essais, de tâtonnements, de pauses, de recherche du bon matériaux, et toutes les étapes que je n'aurai su prédire.

Ce que je décris ici est propre à cette sculpture là. Pour une autre, tout peut se faire très vite, ou se perdre en route, ou alimenter une autre idée pour une autre sculpture...

L'important pour moi, est de re-vivre à chaque nouvelle sculpture ce moment d'intensité fulgurante, cette magie hors du temps, cette élévation, cet oubli de moi-même que me procure la Création. C'est très personnel, bien sûr.

Mais j'aime l'idée de pouvoir partager cela avec vous. Vous y retrouverez surement cette « inspiration » que chacun de nous peut avoir dans bien des moments de sa vie. Cela nous élève, nous transporte, nous rends immortels.

J'aime cette phrase, dont j'ignore l'auteur (qu'il me pardonne) : « les choses intéressantes se passent au seuil des portes, aux limites, dans les situations extrêmes... » J'y crois intensément.

1er dessin :

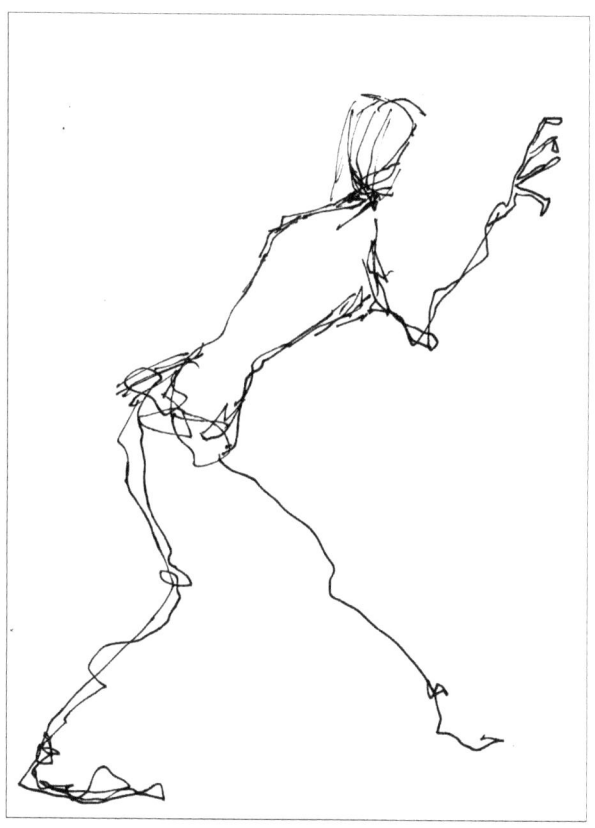

Cette « pose », cette « attitude » me vient un beau jour, spontanée, fulgurante, viscérale.
Cruelle de simplicité, il faut que je la trace, la grave, la mémorise...

Puis, un cadre s'impose, une barrière,
une ambiance autour du corps...

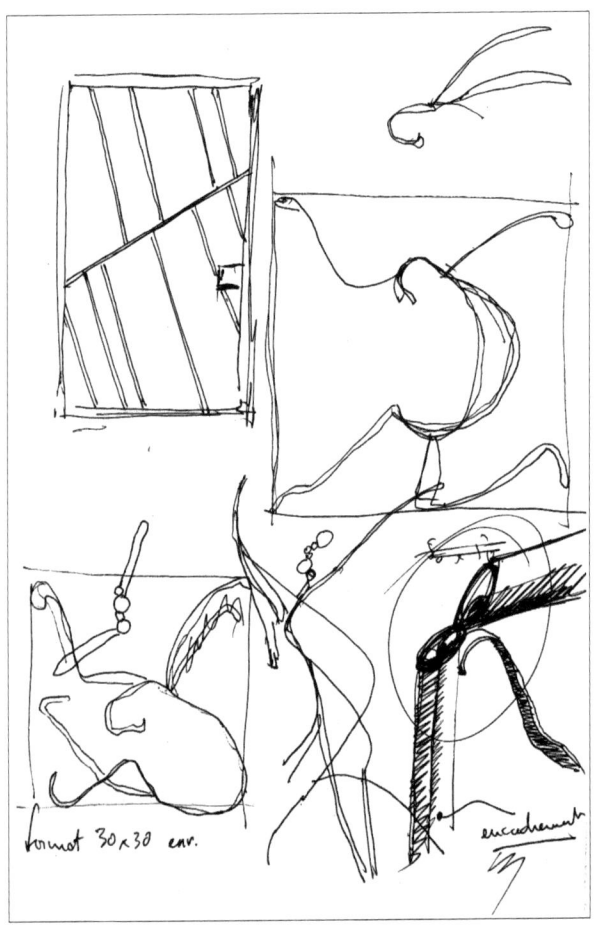

J'ai besoin de toucher les limites de ma pensée.
Je cherche la matière, le support.

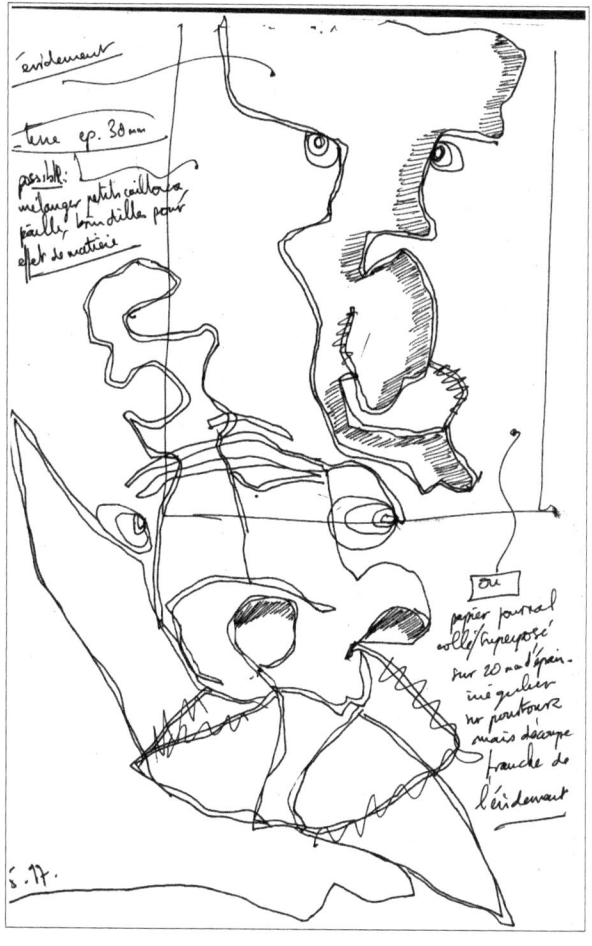

L'émotion est née.

J'ai alors besoin de passer par le dessin,

ci-dessus : feutre, fusain, craie - 30 x 30
ci-contre en haut et en bas : huile sur toile - 40 x 40

… puis par la peinture…

Suggérer le volume par tous les moyens…

Cette « émotion » continue de m'habiter.
Je pense maintenant en volumes.

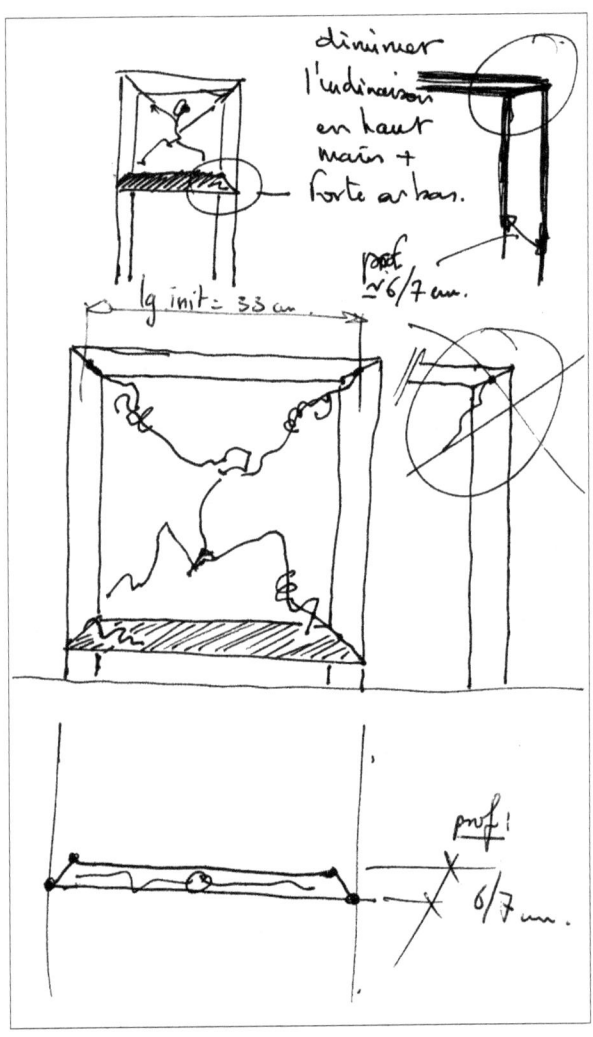

L'idée prend forme, peu à peu...

Puis, enfin, je trouve la matière qui me correspond.

Le bronze, plus que tout autre technique me permet de dépasser les contraintes physiques de la matière, il m'offre des possibilités de créations illimitées. Il permet de défier les lois de l'équilibre, d'unir des matériaux pour les transcender et réaliser des oeuvres intemporelles.
Il me sera désormais incontournable.

« Délivrance 1 »

bronze - 15 x 15

« *Délivrance 2* »

bronze - 50 x 45

3eme partie

« Lecture Accompagnée »

adaptation du texte
« Moi aussi, un jour j'essaierai ! »
et notes de mise en scène.

***

représentation publique
le17 juin 2010 à Cérences (Manche).

Elle,
est danseuse de mots, écrivain du corps,
expressionniste d'objets imaginés.
Lui,
a des souvenirs d'enfance savoureux et ensoleillés...
De leur collaboratoire va naître une lecture
accompagnée, une exploration gestuelle du récit et de
sa matière par l'intérieur...
Elle dit : « M'enfuir avec l'écriture, m'emballer, me
détacher du train du récit et m'en aller avec, juste
l'écriture et moi... »
Il répond : « Lire par le corps, dire par le corps,

apprendre en corps ! »

JE SUIS DE TOUS CEUX-LA

Lecture et corps en mouvement

Texte et lecture: Jean-marc Marcelino
Exploration gestuelle: Cate Barron
Mise en scène: Gillian Lutyens

notes de lecture :

- entre guillemets et hors texte :
« notes de mise en scène »

- en italiques : insister sur le mot

- souligné : lire comme une interrogation

***

notes de mise en scène :

Un tabouret haut, à droite de la scène,
à gauche, un escalier,
au centre un rideau masque l'entrée sur scène.

***

Le rideau se soulève et les acteurs entrent
lentement de face.
Ils pivotent, Lui contre le rideau,
Elle, contre lui, dos au public.

Lui, commence la lecture puis se retourne.

Elle, demeure face au rideau, immobile.

L'arrivée était toujours un *bonheur*...

« Lui se dirige vers le tabouret »

Une nuit passée à dormir sur la banquette arrière, un frisson annonçant la lueur du petit matin, la faim encore timide qui éveillait nos sens et, pressés d'en finir avec les sacs de couchage et les paniers dans les jambes, ma sœur et moi émergions lentement du long voyage...

« Elle, se retourne et s'anime... »

Heureux sommeil que le nôtre, durant ces longues heures de conduite que mon père avait vu défiler. Il avait conduit seul, une nuit durant, ainsi qu'il aimait le faire.

Seul.

Comme toujours. Comme au creux d'un refuge, une bulle de solitude, un espace d'indépendance qu'il se créait alors. En prenant les commandes de cette voiture, il avait semblé prendre les commandes de sa vie, une vie qui ne le comblait pas.

Pour la circonstance il avait chaussé des

lunettes profilées, et des gants de pilote. Il semblait alors avoir revêtu un costume plus grand qu'à l'ordinaire, plus à son aise, plus à sa mesure... Mais où donc se promenaient ses pensées durant ses longues heures de solitude.

Emmitouflé au fond de la voiture, comme j'avais aimé veiller le plus longtemps possible, entre sacs et oreillers, odeur de cuir et ballottements rassurants.

Alors, bercé de virages et de bruits étouffés,

« faire une pause et lever la tête vers Elle »

je *fixais la route* qui se dressait face à nous et me laissais éblouir par les phares des autos, plissant les yeux jusqu'à l'aveuglement, émerveillé et rassuré par l'image de mon père, calme et concentré qui, lui, je le savais, ne cillerait pas, ne faillirait pas.

« Lui se déplace vers le fond de la scène »

Alors il me fallait *veiller*

« Lui s'adresse au public »

Veiller encore un peu...

« Lui s'appuit à la balustrade »

Veiller encore...

Peut-être...

« pause »

Les yeux brouillés de sommeil, je devinais notre arrivée plus que je ne la voyais.

Nous roulions alors lentement.

Autour de nous, le bruit des sacs que l'on repousse, des duvets que l'on écarte, les chaussures que ma mère nous tend, le thermos qu'elle referme. Ça sent le café chaud et les gâteaux secs dont il ne reste plus que les emballages qui crissent dans nos mains.

Plus que quelques mètres.

C'est au matin que j'apercevais...

« pause »

la <u>cathédrale</u>.

A cet instant précis, les larmes me montaient aux yeux. Sainte-Cécile s'embrasait, nous éblouissait du rouge profond de ses briques, et de la hauteur de son unique tour elle me *clochait* :

« *Lui la regarde* »

« <u>*Te voilà*</u> ! Je suis toujours là tu vois, *je t'attendais* ».

Contourner la cathédrale.

« *Elle s'enroule autour de lui puis évolue* »
« *Lui retourne au tabouret – Il s'assoit* »

S'imprégner enfin de ce colosse interminable, ce navire brutal et austère imposant son tangage au ciel immobile que je fixe par la fenêtre embuée.

La ruelle est étroite au passage du goulet que forment les maisons, serrées, menacées par l'étrave de la grande dame.

Les bâtisses sont des montagnes liquides, emmêlées à leurs voisines, tombant ensembles, s'entraînant dans leur chute en avant, les unes auprès des autres, les unes après les autres, menaçant les bâtiments d'en face, provocantes, insoumises…

Notre vaisseau est au ralenti, mon père négocie cette approche. Il me semble tout à coup que nous allons chavirer, car nous sommes aspirés par le creux de cette vague que nous prenons par travers, maintenant, mais déjà nous remontons, la carcasse métallique hoquette et s'ébroue, grince et supplie mais résiste à cette torsion inouïe, à cet effort contre nature. Nous nous hissons enfin vers notre port d'attache. Calme et immobile espace qui nous accueille alors tout à coup avec douceur et précaution.

Là, notre havre est réservé... depuis l'année dernière !

Forcément !

C'est celui des parisiens !

Car jamais jusqu'ici ne parvient d'autre embarcation...

D'ordinaire je suis le premier à terre. Mais cette année, c'est différent ! Je tourne la manivelle et descends la vitre arrière. Je passe le coude, et j'attends...

Ainsi appuyé, nonchalamment, j'attends...

Car cette année pour rien au monde je ne veux perdre un seul rayon du soleil éclaboussant la carrosserie.

Ni un seul regard des habitants du quartier.

Ni le bonheur ultime d'entendre ma mère ouvrir la portière et basculer le dossier de son siège pour me faire place, alors

« respiration accentuée - pause »

j'attends...

J'attends que dehors les rideaux se soulèvent.

J'attends que les portes des maisons s'entrouvrent.

J'attends que les tabliers à carreaux se manifestent.

J'attends que l'on se presse autour de nous.

Que l'on se presse autour...de notre *nouvelle voiture !*

Cette voiture est si grande, que dans mes yeux de gosse elle n'entre pas toute entière. C'est une voiture de sport, rarissime.

Elle est jaune cette *merveille!*

Pas un jaune provoquant, irritant, si présent

qu'on aurait sous les yeux comme un énorme agrume, non !

Un jaune,

« pause »

subtil,
délicat,

dont on ne sait s'il tient du blanc ou de la lumière. Sa pâleur est une douceur, une confidence, une éternité... C'est bien plus qu'une couleur, c'est une peau, une caresse, une plage tiède et immobile, une ivresse, une grâce, un don du ciel. C'est la couleur du <u>*bonheur.*</u>..

Cette auto n'a que deux portières!

Deux portières qui n'en finissent pas de s'ouvrir tant elles sont démesurées et élégantes. Elles sont une ouverture, une respiration, un souffle d'éternité.

Elles sont une baie vitrée sur l'horizon au loin.

Sur la cathédrale toute proche.

Sur les voisins autour de nous.

Et sur mon père,

debout,

qui *sourit.*

> *« Lui se lève et nous pivotons autour du tabouret.*
> *Elle s'éloigne, Lui est de dos»*

Albi était pour moi un lieu de dédoublement. Un nom *unique* qui désignait *deux* aventures, *deux* histoires, *deux* vies distinctes. Un lieu de *scission*, de *division.*

> *« Lui se retourne face au public et se déplace*
> *vers l'escalier pour la rejoindre »*

Pas vraiment une douleur, plutôt une incompréhension silencieuse.

  Grands-parents maternels et paternels y habitaient et semblaient se partager la ville. Ainsi, au fil des vacances, je partageais ma *vie*, mon temps, mon affection entre ces deux familles. Deux parties de moi cohabitaient qui jamais ne pouvaient se rencontrer. Je vivais avec *les uns,*

> *« pause »*

je vivais avec les autres,

> *« Elle veut l'attraper...*
> *Lui retourne au tabouret et reste debout »*

au gré des décisions d'adultes ou des repas familiaux de fin de semaine, sans que jamais événement, parole ou allusion ne permette un lien quelconque entre ces deux familles dont je semblais alors être le seul

« pause »

plus petit

« pause »

commun

« pause »

<u>*dénominateur…*</u>

« pause »

Et sans aucun pouvoir de rassemblement !

Ainsi allais-je de Pépécha à Pépéma, de Mamie à Méméma sans transition, sans brutalité et dans le plus grand silence…

« Il s'assied »

« pause »

« lire le titre »

CHEZ PEPECHA

Pépécha n'était pas mon grand-père. Il était le beau-père de Maman.

Cet homme était dans cette famille ce que le *miel* est au lait brulant.

> *« pause*
> *et Lui la regarde durant le paragraphe suivant »*

En tout cas, il en fut ainsi pour moi lorsque ma vie croisa la sienne, et cela demeura toujours.

Il était instituteur en retraite, homme passionné et passionnant, curieux de tout. Photographe à ses heures, il avait installé un laboratoire dans la cave. Bacs de développement, agrandisseur, lumière rouge, ambiance feutrée et magique, il enseignait ses recettes secrètes et ses gestes appliqués à ma sœur. Elle était apprentie sorcière et moi je les observais,

> *« pause »*

Immobile sur mon banc comme les photos qu'ils pinçaient à la corde suspendue.

> *« pause »*

Eternellement patient, attentif et pédagogue, Pépécha me savait présent et occupé quand lui même avait à faire car il avait sacrifié un petit banc de bois en l'adaptant à ma taille et en l'équipant à son extrémité d'un *volant.*

Ainsi à califourchon sur cet immobile bolide je passais le plus clair de mon temps à parcourir des routes improbables. J'observais ainsi la vie défiler devant moi.

Au gré des activités de la journée mon grand père déplaçait cet ensemble osmotique « enfant-voiture » de la cave au jardin, puis du jardin au salon, puis du salon à la cuisine, puis, puis, puis…

Vers la fin de l'après-midi il était un moment sacré et immuable que Pépécha, inlassable érudit, privilégiait scrupuleusement. Il allumait le poste de télévision noir et blanc, objet de culture bien plus que de loisir, et suivait assidu, les cours du soir d'une ORTF didactique et scientifique. La maison s'emplissait alors de la vision effrayante d'un tableau noir couvert de signes tracés à la craie par un savant en blouse blanche énonçant nasillard et infatigable des principes physiques et obscurs qui donnaient une vision de l'existence très, très, très inattendue.

A très faible allure sur mon bolide devenu docile, j'apprenais au volant de ma vie que les évènements se couchent en opérations,

« Lui regarde un tableau noir invisible »

que la chaleur du soleil est une formule mathématique, que le mouvement des objets dépend de lettres et de chiffres que l'on associe, enfin, que la pensée humaine s'écrit aussi à la craie, sur l'horizon d'un tableau noir.

« Lui retourne rapidement à l'escalier en disant : »

Chez Pépéma et Méméma...

L'été venu, toute la famille envahissait l'immense demeure ; *maison* complexe, bâtisse méconnue, aux pièces *interdites*, aux longs et sombres couloirs, aux recoins *secrets*.
Tentaculaire curiosité.

« pause - Elle est en mouvements »

Envolées de moineaux affamés, les retrouvailles étaient bruyantes et chantantes, colorées de l'accent « du midi ».

> *« pause - puis dire avec l'accent du midi : »*

Je dansais alors de bras en bras, de joues en cous, de ventres rebondis en poitrines généreuses,

> *« parler à nouveau normalement »*

le visage mouillé de baisers et de joie, me donnant le tournis, me rendant muet et sans force, docile et attentif, incrédule au fond de retrouver enfin le sol pour reconstituer mon corps et mes _pensées_.

Et observer le bonheur se figer devant moi.
Puis,

> *« passer devant Elle*
> *et aller vers le mur de droite »*

contournant imperceptiblement, cherchant des yeux un passage, je découvrais, silencieux et dressés au pied de l'escalier mes _grands-parents_.

- Lui ...
- Elle ...

> *« pause - Elle est en mouvement »*

J'empruntais l'escalier inondé de soleil. La

treille de vigne qu'on laissait, sauvage,
envahir la structure métallique, fine et rouillée,
accompagnait mon ascension d'une lumière
tachetée et apaisante.

> *« Contourner le tabouret par la droite*
> *et avancer au centre de la scène »*

En contrebas, j'apercevais les « hommes »
restés dehors. silhouettes massives,
maintenant regroupées en un cercle incertain,

mains aux poches,

> *« Il fait le geste »*

poussant les cailloux du pied,

> *« Il fait le geste »*

interrogeant le temps qui s'était écoulé
depuis « la dernière fois », ils devisaient,
hésitantes carcasses, parlant fort sous l' éclat
dansant du soleil, à l'ombre des arbres
fruitiers et des lauriers roses.

Parvenu au perron, je manoeuvrais la
lourde porte d'entrée. Derrière moi, le soleil
risquait aussitôt quelques tentacules brûlants

dans le frais et sombre couloir.

Puis, comme un pion que l'on bouge, la lumière me poussa à l'intérieur de la maison.

« Il recule contre le mur »
« les mots en gras sont dits avec l'accent du midi»

Du séjour voisin me parvenaient des paroles joyeuses...

et bé toi alors !

des prénoms connus...

Ascencion ! Javier !

dont on prenait des nouvelles...

« pause »

Les repas de fête avaient lieu au séjour dans la longue pièce, inutile et silencieuse tout le reste de l'année. Le moment venu, la famille s'étirait au fil d'une tablée agitée, colorée et bruyante. Loin là-bas, seul et attentif, en bout de table, Pépéma régnait sur ce monde affamé de retrouvailles et d'anecdotes.

« pause - Elle est en mouvement »

Derrière lui, comme toujours, immobile sur le marbre du buffet, tel qu'il était demeuré dans mon souvenir… un canard en bois !

Cet animal, toujours, m'avait intrigué…

Sorti des mains du patriarche-sculpteur,

la pose avait été prise,

elle ne changerait plus désormais …

Quelle conscience avait permis cela ?

« pause - Elle est en mouvement »

Le nœud d'une branche pensa-t-il à regarder en arrière pour donner sens à ce geste inscrit ?

Comment mon grand-père avait-il acquis la certitude de cette « présence » ?

Quel geste miraculeux fallait-il pratiquer, exercer, pour aboutir à pareille éclosion ?

J'étais immobile, anéanti devant tant de hardiesse, tant de magie, de tout mon corps, j'admirais le geste, j'admirais l'animal, j'admirais l'homme.

Un jour comme lui, je saurai *faire dire* l'indicible à la matière, un jour, moi aussi, j'essaierai…

Mais en attendant ce moment, je pouvais tout de même essayer de percer ce mystère d'adulte. Un de plus…
Alors, la fourchette dressée, l'autre main vissée à la toile cirée,
le museau au ras de l'assiette, de toute mon innocence
je demandais :

Lui : Pépé,

Elle : comment

Lui : tu savais

Elle : qu'il était

Lui : dans l'arbre

Elle : le canard ?

« pause »

L'assemblée, suffoquant devant pareille audace, laissa le silence s'engouffrer dans la pièce comme un hurlement de sirène, pétrifiant chacun, l'espace d'un instant … Les regards suivirent mon regard,

      « Il regarde à droite... »

rebondissant sur l'objet,

      « Il regarde à gauche...»

s'arrêtèrent incrédules sur l'aïeul qui finissait de mâcher :

     « Il croise les bras et bombe le torse... »

- Come ! Calte ! *(dire : comé calté avec accent)*

« Mange et tais-toi ! » Ainsi fut la réponse de mon grand-père...

        « pause »

    « retour au tabouret et Il dit avec fermeté : »

Il faisait doux maintenant,

on avait ouvert les volets.

De la cuisine... les bruits de verres et de vaisselles lavés.

Encore attablés , mon père et Pépéma bavardaient.

  Je ne les écoutais pas vraiment. Je m'imprègnais. L'odeur de cire dans la pièce me rassurait. Les cafés étaient bus et demeurait leur parfum qui réveillait mes sens.

       « mimer la scène : »

Je brisais entre mes doigts des miettes de pain sur la nappe blanche, sans vraiment y penser.

« puis en devenant tout à coup songeur,
égrainer ces questions : »

- Pépéma avait-il été *enfant* ?

- être *vieux* était-ce être *fort* ?

- Mon *père* était-il *vieux* ?

- Serait-il toujours *beau* ?

- Comment être un fils quand *on avait son age* ?

- *Serai-je toujours* son fils ?

- Et quand j'aurai son age *serai-je plus vieux* que lui ?

- Comment grandir ?

Par la fenêtre ouverte l'air frais pénètrait timidement. Il faisait sombre maintenant. J'avais dormis sur la table, Je gagnais le balcon où ma sœur et ma mère se trouvaient assises, silencieuses... Méméma aussi était là. Je m'approchais.

Elle m'ouvrit ses bras et je m'assis sur ses genoux.

« Elle s'assied sur mes genoux »

Elle était douce et chaleureuse.

« Lui se tourne vers Elle »

Nos yeux fixaient le même horizon.

« Elle et lui regardent dans la même direction »

Elle caressa mes cheveux et je savais bien qu'elle en profitait, malgré la faible lumière, pour vérifier que je n'avais pas de poux.

C'était comme ça ici.

C'était comme ça avec Méméma.

« pause -
Il se tourne vers l'autre bout de la scène
puis Elle s'y rend...»

Pépéma cultivait son jardin.

il alignait les rangées de poireaux, de carottes, d'oignons ou de radis dans de vastes parcelles cernées d'étroites allées de terres battue, rectilignes et encaissées, délimitées par des murettes qui m'arrivaient aux genoux.

Je l'y suivait, attentif et impressionné.

« Elle est en mouvements et devient Pépéma »

Il marchait lentement devant moi. J'observais

ses mains calleuses et rudes, croisées dans son dos à hauteur de mon regard, c'était mon seul horizon.

Ayant adopté la posture de l'aïeul, j'attendais l'ordre divin
qui ne manquerait pas de tomber d'un instant à l'autre...

« pause et Elle fait le geste : »
- « Ici, tu peux arroser ! »

Plus ravi qu'obéissant, je retournais au puits, venant de recevoir ainsi l'autorisation d'activer la pompe à bras. L'art suprême dans l'usage de cette mécanique étant de viser juste en gérant le débit d'eau par une pression constante et régulière sur le levier, je plaçais donc l'arrosoir à la distance ad-hoc et faisait jaillir l'eau fraîche, m'appuyant sur le levier de tout mon corps, puis de tout mon cœur

Un demi arrosoir. A quelques flaques près, j'apportais le récipient au pied d'un légume inconnu, finalement très semblable aux autres. Ne pas mouiller les feuilles, suivre la rigole doctement aménagée, faire attention aux rangées voisines et dispenser ainsi tout son amour…

Dans cette communion j'abreuvais à cet instant précis ma soif de comprendre, d'agir et d'*exister* !

« Elle est en mouvement »

Méméma

Méméma parlait peu. Très réservée par nature, par éducation, par soumission aux règles patriarcales d'une culture d'un autre âge, elle était vêtue de noir, éternellement. Son domaine par définition, par nécessité, par obligation était la cuisine.

C'était une cuisine étrange, une cuisine-repaire, une caverne encombrée de pots, de gamelles, de plantes séchées, d'oignons pendus, de torchons humides, mur de casseroles, mur d'étagères ou mur noirci par le fourneau.   *Sombre et odorante.*

« Elle est en mouvement »

Au fond, une porte brune, basse et étroite ouvrait sur un cellier obscur, aux étagères toujours lourdes d'ustensiles, de légumes secs, de pommes de terre et de cageots gonflés.

« pause et Il la regarde en mouvement »

Sur la table, des lapins dépecés, les pattes arrières encore poilues, incongrues au bout de ces corps saignants. Les corps roses et charnus ouverts sur des entrailles brunes et violacées, les têtes musclées aux yeux gonflés et injectés de sang, prolongées de dents infiniment blanches et démesurées.

« Les deux sont en mouvement... »

Vision troublante d'une réalité que le petit *parisien* que j'étais, apprenait à accepter un peu plus chaque année. Voilà donc ce que devenaient les doux lapereaux avec lesquels nous jouions, à qui nous apportions tant de soins, d'eau, de nourriture. Il ne s'agissait donc pas de tendresse, d'affection, d'amour ? Quel sentiment devais-je alors éprouver pour mon chien, pour mon chat ? Certes ils ne finiraient pas dans mon assiette, mais étaient-ils si différents des lapins que je caressais, que j'embrassais, que j'aidais à grandir ? Etrange monde que celui de la campagne, où la mort côtoie la vie, où l'attention qu'on porte au vivant est un mélange de respect et d'intérêt, d'humilité et de rudesse, de reconnaissance et de nécessité.

Là, face à moi, Mémémà illuminait le lieu de sa présence et de son attente silencieuses. Immobile, je l'observais, embarrassé et muet. Son regard noir, calme et attentif, se posa sur moi. Un sourire timide glissa sur sa bouche puis elle m'invita à l'aider.

> *« Il se lève en même temps qu'Elle avance vers lui,*
> *Il la suit et ils font un aller*
> *sur la scène, l'un derrière l'autre »*

Mémémà se prénommait *BARBRA*.

> *« Ils font le retour...»*

Pas Barbara !

… Barbra !

Car à sa naissance, au Portugal, à l'Etat Civil, fut oublié un « a ».

*Barb**A**ra*, devint...
Barbra.

« *Il s'assied sur le tabouret* »

Méméma naquit donc de l'oubli d'une lettre.
Une lettre multiple, un « a » répétitif, scandé.
Lettre première et lettre *d'Attente*,
d'Abnégation, *d'Amour*.
Mais cette lettre devint aussi celle de
l'Absence, une Ablation dans laquelle
disparaîtrait un jour, et *à jamais*, ma grand-mère.
Car cet oubli rimerait un jour avec *maladie*.
Maladie de l'oubli, l'oubli de soi, l'oubli des autres.

    J'aurai tant aimé plonger alors mon âme
dans les derniers regards sombres de mon
aïeule,

« *pause et Elle est en mouvement* »

dans ce velours noir devenu glacé, dans cette
profondeur

« *pause et Elle en mouvement* »

devenue lointaine, étrangère et effrayante.

Me revient alors le souvenir d'un après midi
de pic-nic inondé de soleil, de victuailles et de
cris d'enfants.

Nous sommes tous réunis, joyeux, bruyants et
là, à l'écart, debout, toute vêtue de noir,
j'observe ma grand-mère.
Elle tient son verre d'une main, l'autre est
posée sur sa poitrine, comme pour étouffer
une toux discrète
comme pour ne pas déranger, ou peut-être
pour mieux sentir son cœur se saouler de ce
spectacle ?

« pause »

Mais,

« pause, puis dire lentement... »

je réalise tout à coup qu'elle n'a pas bougé
depuis notre arrivée.
Pas un geste,
pas un mouvement,
pas un seul changement d'attitude.
Son corps est immobile,
son visage est pâle,

son regard vide.

Et tout ces cris autour d'elle pour mieux entendre ce que l'on veut taire.

Pourrai-je dire un jour, ce que les mots d'alors n'ont su exprimer ?

« pause puis Elle dit fort : »

Dimanche !

Nous venions retrouver Méméma qui vendait au marché les légumes que mon grand-père cultivait.

J'avais appris, et ainsi découvert sans m'en étonner davantage que mon aïeule se rendait ainsi chaque semaine,

par tous les temps *et* en toutes saisons au marché d'Albi.

La halle était immense. Envahie. Bruyante.

« Ils regardent tous les deux vers le haut...»

Nous apercevions tout la haut, les innombrables baies vitrées opaques qui marbraient les murs de lueurs inattendues. C'était une grande halle en étage, structure de métal, de verre et de briques rouges mélangés. Le soleil me faisait cligner les yeux et à mes cotés le short en tissus imprimé que portait ma sœur laissait dépasser de grandes jambes bronzées dont je n'arrivais pas à suivre la cadence.

Il *me fallait* tendre le coup vers le plafond, la verrière, tout là-haut pour respirer, Il *me fallait* éviter les cabas, il me fallait m'agripper à cette main

« Il mime la scène»

qui disparaissait dans la foule,

Des cris, des rires, des gestes violents et imprévisibles, des éclats de voix à faire peur, voix de ténor, voix de crécelles, des ordres, des suppliques, des appels,

des aboiements.

Et puis les odeurs,

l'enchevêtrement des couleurs, la sensation de fraîcheur mais le contact des corps chauds et humides qui se touchent,

les peaux, molles ou poisseuses, les vêtements rugueux,

l'odeur de fumée et des haleines de café, les

postillons,

et les mouchoirs bruyants, les mains calleuses qui rangent le porte-monnaie dans la poche, en tapant dessus...

« faire le geste »

pour se rassurer, les sacs à main qu'on serre bien fort, et le mal aux jambes.

«Il mime la scène »

    Alors la main qui me guide semble s'élever maintenant et m'élève à mon tour.

« Il se dirige vers l'escalier et le monte lentement»

Je pose un pied sur une marche,

puis sur une autre,

et je m'extirpe de la foule, comme j'ai dû sortir de ma mère, soulagé et curieux de découvrir le calme après la tempête...

« pause »

Nous nous élevons, lentement, grimpant cet escalier qui mène à la coursive, les personnages en contrebas sont lointains et leur vacarme devient murmure,

« pause »

leurs paroles incompréhensibles.

« pause »
Les marches métalliques de cet escalier monumental
nous ont hissé vers l'étage des commerçants plus modestes.
« puis Il redescend tout en lisant »
Petits étalages, marchandises légères, Il y a moins de monde ici, on à changé d'univers.
Les gens papotent, on traîne, on stationne longuement...
Il fait un peu plus chaud et la lumière est dorée.
« Il regarde derrière l'escalier comme pour chercher»
Méméma ne doit plus être bien loin...
« Il avance vers le centre de la scène »
Elle était jusqu'alors en mouvements lents,
puis se met à genoux, au centre de la scène »
Nous longeons les tables
« Il avance vers le public»
qui se succèdent à notre droite comme à notre gauche...
« il pénètre lentement dans l'allée centrale »
Il y a des étals vides, planches nues montrant leur veines noircies...

Les clients sont plus rares...

> *«Il avance dans l'allée centrale »*

L'allée est dégagée.

Nous approchons de l'escalier suivant. Elle devrait être là.

Je ne comprends pas vraiment ce qui se passe.

> *« Il se retourne »*

Ma sœur s'est arrêtée...

> *« Il retourne lentement vers la scène »*

Elle a gardé ma main dans la sienne.

Je regarde ce qu'elle regarde...

> *« Il se retourne vers le public »*

et je ne comprends pas...

> *« pause »*

J'épluche les visages autour de moi, je dissèque, je réfléchis...

> *« pause »*

et je ne comprends pas !

> *« pause »*

Mes yeux font l'inventaire de ce qui nous entoure...

Les tables sont hautes, je ne distingue pas

tout alors je cherche…

« pause »

Puis sur ma gauche...

« IL se tourne lentement vers sa gauche»

légèrement...

il n'y a plus de table...

L'espace s'aère et l'angle du bâtiment se révèle.

Je m'y attarde.

Il est vide.

« Il regarde l'angle au fond de la scène »

Non ! pas tout à fait !

Mon regard questionne le sol où deux cageots de légumes sont posés. Tout près une balance romaine gît dans ses chaînettes et son unique plateau.

Je lève un peu les yeux et derrière ce banc de fortune, assise sur une couverture posée au sol...

les jambes croisées sous son tablier...

une vieille femme nous sourit.

« Il recule »

Elle paraît une mendiante qu'on aurait posée

là.

Tolérée par pitié, elle fait partie de ces personnes dont on se sent si éloigné que leur seule vision nous dérange.

« Il recule encore »

Le timide sourire de mon aïeule, à cet instant précis, ébranle en moi mille ans de certitudes, toute une vie d'évidences, des années de non-dits. Toutes ces jeunes années que j'ai passées à découvrir le monde qui m'entoure à l'aune d'une vie de *petit parisien* nanti et privilégié viennent de s'effondrer, mes repères ont éclatés comme une ruche bourdonnante, mon Histoire me saute au visage, ma courte vie, mais mon unique vie, vient de basculer.

« IL s'approche un peu »

Je saisi alors que mes origines *sont là*, si éloignées du monde qu'on m'offre chaque jour, matérialisées par cette femme que je n'ai pas reconnue, *que je n'ai pas osé* reconnaître.

« mouvement poétique d'un enveloppement d'Elle autour de Lui »

Ainsi donc je suis cela aussi.

Je suis *Elle*, je suis *d'Elle*,

je suis un peu de cette *couverture* qui l'isole du sol,

je suis un peu de cette *balance* d'un autre âge,

je suis un peu de ces *légumes* qu'elle transporte et qu'elle vend, je suis un peu de son *tablier, sombre et épais*.

    Je suis *aussi* de ses cheveux gris et frisés...

tirés en arrière, cachés sous un chapeau de paille...

je suis un peu de cette voix dont j'aime l'accent...

je suis un peu de ce langage dont je découvre les fautes...

je suis un peu du Portugal qui transpire de ce tableau invraisemblable.

Je suis de tout cela et de tant de choses encore...

Est-ce par cette fracture profonde, à la fois

tendre comme le sourire de ma grand-mère,
à la fois brutale comme l'obscurité
angoissante de mes certitudes disparues,
est-ce par cette fracture profonde
que je cesserai ?

« Les deux sont côte à côte et ferment les yeux »

1ère partie : p.3

Un jour, moi aussi, j'essaierai !

Mon père …........ p.11

Pépécha ….......... p.23

Pépéma ….......... p.33

Barbra ….............. p.51

2ème partie : p.71

Genèse d'une sculpture

3ème partie : p.83

Lecture accompagnée :

« Je suis de tous ceux-là »

MARCELINO – sculpteur

Après des études d'Arts Appliqués et de design, MARCELINO enseigne durant 15 ans tout en pratiquant la sculpture. Puis sa vie le mène dans le sud de la France, en Afrique, en Espagne...
C'est en Normandie qu'il s'installera pour se consacrer définitivement à la création. Il y met au point une technique innovante de fonderie de Bronze et crée des oeuvres contemporaines dont il réalise toutes les étapes de fabrication car il est aussi fondeur.

Il continue d'enseigner la sculpture et propose des stages de fonderie de Bronze afin de partager sa passion.

www.ateliers-des-arts.fr

« Le bronze plus que tout autre technique me permet de dépasser les contraintes physiques de la matière, il m'offre des possibilités de créations illimitées. Il me permet de défier les lois de l'équilibre, d'unir des matériaux pour les transcender et réaliser des oeuvres intemporelles. Ma recherche actuelle va dans ce sens. ».